감사의 마음을 전할 수 있는
오늘 하루가 너무 행복합니다.

님께

_____

_____

_____

한광일 웃음박사의
# 행복유머
## 편지

# Contents

한광일 웃음박사의
# 행복유머 편지

# 01
## 웃음이 필요한 이유

한 번 크게 웃으면 우리 몸에서는 엔돌핀과 엔케팔린이라는 몸에 좋은 호르몬이 나오는데, 이것을 돈으로 환산하면 약 2백만원의 가치가 있다고 한다. 이렇듯 웃음으로 돈을 벌 수 있다. 돈을 주고 병원에 가서 몸에 좋은 호르몬을 맞지 않아도 되니, 이 얼마나 즐거운 일인가? 마치 타고난 미인은 성형수술비가 들어가지 않으니 돈 벌었다는 말과 상통한다.

또한 웃으면 상대방을 즐겁게 하고, 인간관계에 윤활유 역할을 하여 비즈니스가 잘 되게 하니, 당연히 돈이 굴러들어오게 되어 있다. 웃는 얼굴을 한 사람, 유머러스한 대화를 하는 사람, 다른 사람을 즐겁게 하는 사람은 어디에 가나 환영을 받고 호감을 받기 마련이다. 그러니 역시 공짜로 무엇 하나라도 얻는 기회도 많다.

이와 같이 웃음과 유머는 손해날 게 하나도 없는 재테크요, 부자가 되는 방편이며, 저절로 돈을 버는 비결이다. 동시에 웃으면 아프지도 않으니 병원에 갈 일 없고, 몹쓸 병이 들어 병원에서 한숨 쉬는 일 없이 장수하게 되므로 그야말로 일석삼사조가 되는 것이다.

이렇게 좋은 웃음인데도 보통 어른들은 하루에 겨우 15번 밖에 웃지 않는다는 조사결과가 있었다. 반면에 어린 아이들은 하루 400번을 웃는다고 한다. 아마도 누구나 어린 시절에는 많이 웃어

본 경험이 있을 것이다. 사춘기에는 낙엽이 떨어져 뒹구는 모양만 보아도 자지러질 듯한 웃음이 나온다. 그러던 것이 어른이 되면서 웬일인지 점차 웃음이 적어지는 것을 알 수 있다.

그 이유는 무엇일까? 사회적인 지위, 명예, 돈, 학식 등을 중시하고 지위 고하를 따지는 사회에서 살아가다 보면 여러 가지 위축되는 일도 많고, 자존심이나 권위 등을 내세워 얼굴이 굳어지는 모양이다. 그러나 실상 웃음이란 마음을 여는 아름다운 행위이다. 웃는다고 해서 자신의 이미지가 실추되는 것이 아니요, 웃긴다고 해서 품위가 떨어지는 것은 결코 아니다.

옛말에 '일소일소(一笑一少), 일노일노(一怒一老)'라는 말이 있는데 한 번 웃으면 한 번 젊어지고, 한 번 화내면 한 번 늙어진다는 말이다.

또한 '소문만복래(笑門萬福來)'라는 말은 웃으면 집안에 복이 들어온다는 말이다. 당연히 많이 웃을수록 좋다는 말이다.

웃는 것도 훈련이 된다면 장소에 상관없이 혼자 웃을 수 있다. 가장 효과가 좋은 웃음은 함께 모여 여럿이 웃는 것으로 혼자 웃는 것보다 33배의 효과가 높다고 한다. 어디서든 삼삼오오 모이면 억지로라도 웃자. 웃음은 복을 불러오고 건강을 지켜주는 돈 안 드는 보물이고, 애써서 구할 필요 없는 명약(名藥)이다.

약까지 다릴필요는 없는데 … 웃음이 보약이야

# 02
## 유머를 무기로

미국의 대통령 링컨은 평소 유머 있는 인물로 잘 알려져 있다.

링컨이 상원의원 선거를 치를 때, 그의 친구들이 모여앉아 경쟁자인 더글러스와 링컨의 인품을 비교하고 있었다.

마침 그 자리에 링컨이 나타나자 친구들이 그에게 물었다.

"자네는 보통 사람보다는 키가 유난히 크고, 반대로 더글러스는 키가 작은데, 키는 대체 어느 정도가 적당하다고 생각하는가?"

그러자 링컨은 잠시 생각을 하더니 이렇게 대답하였다.

"글쎄, 사람의 키는 다리의 길고 짧음에 달려 있고, 다리의 길이는 땅에서부터 몸통까지 닿을 만큼만 길면 적당하지 않을까?"

친구들은 한바탕 웃음을 터뜨리지 않을 수 없었다. 키가 큰 자기 자랑도 하지 않고, 또 키가 유별나게 작은 더글러스를 헐뜯지도 않는 유머였던 것이다. 이렇게 링컨은 평소 누구에게나 친근한 유머로서 호감을 주었으므로 마침내 정적(政敵)을 물리치고 당당히 상원의원에 당선되었다. 정치인뿐 아니라 어떤 분야에서도 유머감각이 있는 사람은 누구에게나 환영을 받으므로 모든 인간관계에서 유리한 고지를 차지할 수가 있다.

따에서 몸통이 닿을 정도만!

# 03
## 웃음은 성공이며 행복이다

인간은 누구나 성공하기를 원하며 장수하기를 바란다. 하지만 그 것이 말처럼 그렇게 쉬운 일은 아니다. 그렇다고 결코 어려운 일도 아니다. 바로 웃음에서 그 방법을 찾을 수 있다. 웃음은 성공과 장수, 두 가지를 가장 쉽게 해결할 수 있는 만병통치약일 뿐만 아니라 지름길이다.

그런 까닭에 웃음은 일을 즐겁게 하고, 서로간의 관계를 부드럽고 재미있게 해주며 가정은 물론 직장까지도 밝게 해 주는 삶의 필수요소이다. 그러므로 웃음이 있는 곳엔 항상 많은 사람들이 모인다.

우리는 성공하는 사람들이 인상이 좋거나 항상 웃는 얼굴을 하고 있다는 사실에 주목해야 한다. 웃음이야말로 최고의 마케팅인 것이다. 웃음에는 상대방을 당기는 힘이 있으며 상대방의 허물까지도 용서할 수 있다. 이 말을 실증하는 좋은 예가 하나 있다.

말콤 코슈너가 지은 '깡통들도 웃기면서 성공하는 사람'의 첫머리에 나오는 일화다.

디누치가 디지털사 영업이사로 임명됐을 때 각 분야의 이사들과 가진 저녁식사 자리에서 기술이사가 "앞으로 3년 내에 세계에서 가장 뛰어난 워크스테이션을 개발할 수 있을 것"이라고 자랑을

했다. 그러자 디누치가 "2년 안에 개발하지 못하면 후발제품이 되고 말겁니다"라고 대꾸했다. 이에 기술이사가 발끈하고 나섰다.

"당신이 세상을 마음대로 조절하는 모양이구만"

순식간에 분위기는 싸늘해졌고 아무도 입을 열지 못했다.

그때 디누치가 이렇게 말했다고 한다.

"그걸 뛰어난 혜안이라고 하지요. 대부분은 그 사실을 깨닫기까지 몇 달이 걸리는데 당신은 45분 만에 눈치를 채셨군요"

난데없는 칭찬에 기술이사는 웃음을 터뜨렸고 식사가 끝날 즈음에는 디누치에게 완전히 매료돼 동기부여에 관한 강연을 부탁했다고

한다. 2년 뒤 그 회사는 신제품 생산에 성공해 세상의 이목을 집중시켰다.

위기상황일수록 유머의 가치는 더 커지는 법이다. 아무것도 아닌 것 같지만 그 자연스러운 분위기 때문에 천냥 빚도 갚게 되는 것이 바로 유머인 것이다. 그뿐인가. 즐거운 환경과 웃음은 경제 가치와 맞바꿀 수 있는 훌륭한 자원이요, 재산인 것이다.

케네디 집안을 미국 최고의 명문가로 키운 사업가 조셉 케네디도 뛰어난 유머감각을 지녔었다고 한다. 해서 다른 기업가들과 협상할 때 언제나 냉정을 유지할 수 있었던 비결이 무엇이냐는 질문을 받으면 그는 언제나 이렇게 대답하곤 했다.

"내 상대가 빨간 내의를 입고 있다고 상상하면서 했지"

빨간 내의를 입은 촌사람을 상상하면 겁먹을 이유가 하나도 없었다는 얘기다. 사람이 만나 첫 인상이 결정되는 시간은 불과 6초 정도라고 한다. 이 짧은 시간 안에 신뢰와 결정과 판단이 모두 이루어지는 것이다. 첫인상을 결정짓는 요소로는 외모, 인상, 목소리 등 여러 조건들이 있겠지만 그중에서도 웃는 인상의 파워는 아무리 강조해도 지나치지 않을 정도로 중요하다.

오늘 하루 머리 아픈 일을 처리해야 하거나 투자에 대한 소득을

극대화시키고 싶다면 유머 파일을 한번 만들어 보라. 그리고 호시탐탐 그것을 활용할 기회를 노리자. 신문의 카툰, 적절한 비유와 역설적인 정의, 격언이나 속담을 활용하는 것도 좋은 방법이다.

웃음의 보물창고야말로 아무리 퍼내어도 줄어들지 않는 성공의 엔돌핀 저장소이다. 모든 것이 급변하는 무한경쟁력의 시대에 실력만이 전부가 아니다. '호감 가는 사람'으로 나를 이미지메이킹 하는데 가장 빠른 지름길은 바로 멋지게 미소 짓는 것이다.

진정한 성공은 사람을 많이 얻는 것이다. 사람을 많이 얻으려면 사람의 마음을 얻어야 한다.

사람의 마음을 얻는 첫 조건이 바로 웃음이다. 성공하려면 먼저 웃어라. 항상 부드러운 미소가 얼굴에 감돌도록 만들라. 표정이 아름다워야 일과 사랑에서도 성공할 수 있다.

# 04

## 크레이지 테라피(Crazy Therapy)

심리학자 매슬로우는 인간에게는 생리적, 안전적, 사회적, 자존적, 자아실현 등의 욕구가 있다고 했다.

사람은 저마다 자신이 우선적으로 추구하는 이상향이 모두 다르기 때문에 성공과 행복의 가치기준도 다를 수밖에 없다.

저마다의 가치기준이 다르다 해도 대부분 자신이 정한 목표를 달성하느냐, 못하느냐에 따라 성공과 행복의 차이가 달라진다.

그러나 성공이라는 한 가지 키워드는 누구나 바라는 이상향일 것이다. 인간의 삶에 있어서 성공은 대단히 중요하다.

이 크레이지 테라피는 웃음 치료의 한 방법으로, 이것은 미치는 만큼 행복하다는 논리이다. 말하자면 역설적인 표현이지만, 예술세계에서는 '미친다'는 표현이 긍정적으로 쓰이고 있지 않은가. 흔히

한마디로 미치면 됩니다

"저 사람은 그림에 미쳤어" "저 사람은 음악에 미쳤다"고 말한다.

이처럼 어떤 일을 하든지 푹 빠지라는 말이다. 그것이 치료약이다. 자신의 일에 '미치는' 자세가 필요하다. 혼신을 다해 자신의 일에 매진하는 태도야말로 성공을 위한 필수항목이 아닐 수 없다.

성공한 사람들의 대부분은 자기가 하는 일에 '미쳐서' 했다고 회고하는 사람들이 매우 많음을 보라. 성공하기 위해서는 무엇이든지 자기가 정한 일에 몰두, 몰입하는 것이 중요하다.

세계적으로 성공한 사람들에게는 여러 가지 공통점이 있다. 그것을 벤치마킹한다면 당신도 상당히 성공에 접근해 갈 것이다.

### 성공하는 사람들의 공통점

첫째, 일에 미쳐 있다.
둘째, 메모하는 습관이 있다.
셋째, 매사에 긍정적이다.
넷째, 유머감각이 있다.
다섯째, 충고와 지적을 두려워하지 않는다.

# 05

## 펜은 칼을 이기고, 유머는 펜을 이긴다

　미국의 상원의원들은 대부분 명문 귀족 출신이었다. 그런데 16대 대통령으로 당선된 링컨의 아버지가 신발 만드는 직공이다보니, 명문가의 아들인 자신들이 신발 제조공의 아들 밑에서 일을 한다는 것 자체를 매우 자존심 깎이는 일이라고 여겨 불쾌해 했다.

　어느 날, 링컨이 상원의원들을 상대로 연설을 하려 할 때, 거만하게 보이는 한 의원이 일어나 링컨을 향해 말했다.

　"당신은 대통령으로 당선되었지만, 신발 제조공의 아들이라는 사실을 절대 잊지 마시오. 당신 아버지는 우리 가족의 신발을 만들기 위해 가끔 우리 집에 왔었소. 내가 지금 신고 있는 신발도 당신 아버지가 만든 것이라오"

　그러자 여기저기서 킥킥거리며 웃음이 새어나왔다. 링컨은 잠시 그대로 서 있었다. 그의 눈에서는 눈물이 가득 고였다. 하지만 모욕을 당했다는 부끄러움의 눈물은 아니었다.

　"감사드립니다, 의원님! 덕분에 한동안 잊고 지내던 아버지의 얼굴을 생각하게 되었습니다. 오랜만에 아버지에 대한 고마움을 다시 느끼고 그분을 추억하게 되었습니다……"

　이렇게 한참 동안 진지한 태도와 감동어린 목소리로 이야기를 하던 링컨 대통령은 비로소 손수건을 꺼내 두 눈에 고인 눈물을 닦았다.

　대부분의 의원들도 고개를 숙이고 있었고, 방청석에서는 흐느끼는 소리가 들려왔다. 구두 제조공이었던 아버지를 그토록 당당하게 자랑하는 링컨의 용기와 재치는 상원의원들의 폐부를 찔러 크나큰 감동과 충격을 안겨주었던 것이다.

# 06

# 대통령을 적발한
# 교통순경

필리핀의 역대 대통령 중 가장 훌륭한 지도자로 꼽히는 라몬 막사이사이 대통령(1907. 8. 31~1957. 3. 17)이 겪은 이야기이다.

어느 날, 그가 바삐 길을 가다 그만 교통단속에 걸리고 말았다.

"당신은 지금 교통규칙을 위반하셨습니다."

대통령은 경찰관의 지시에 따라서 길 한쪽에 정차를 하고서 경찰관에게 정중히 사과했다.

"거 참 미안합니다."

"운전면허증을 보여주십시오."

"아차! 내가 옷을 갈아입느라 그만 깜빡 잊고 면허증을 안 가져 왔네요. 어떻게 해야 하죠?"

기사는 또 한 번 사과를 했다.

"차를 운전하시는 분은 언제나 면허증을 가지고 다녀야 한다는 걸 모르셨습니까?"

"네, 앞으로는 조심하겠습니다."

경찰관은 펜을 꺼내 들고 다시 기사에게 명령조로 말했다.

"당신의 이름과 직업을 대세요."

"내 이름은 막사이사이, 직업은 대통령입니다."

이 말을 들은 경찰관은 깜짝 놀라며 부동자세로 말했다.

"각하! 제가 미처 몰라뵈어 죄송합니다. 하지만 각하께서는 교통 규칙을 위반하셨으므로 법에 따라 정해진 벌금을 내셔야 합니다."

그러자 재치 있는 대통령은 즉시 웃으면서 고개를 끄덕였다.

"당연히 그래야지요."

이 이야기는 당시 신문에 보도되어 전 세계로 알려졌고, 많은 사람들이 막사이사이 대통령의 겸손하고 소박한 언행을 높이 평가하였다. 자신의 권위와 명예를 내세워 준엄하게 야단치기보다는 재치 있는 말로써 상대방을 존중하여 주는 자세가 바로 세계인의 사랑을 독차지한 비법이 되었다.

# 07
## 좋은 방법

지독한 치통으로 신음하면서 길을 걷던 한 사내가 우연히 만난 친구에게 치통을 가라앉히려면 어떻게 해야 하느냐고 물었다.

친구가 대답하길,

"나는 치통이 생기면 즉시 아내에게로 간다네. 아내 품에 안겨 입을 맞추고 애무하다 보면 치통은 씻은 듯이 사라지거든."

그러자 사나이가 말했다.

"그거 참 좋은 방법이군! 자네 집사람 지금 집에 있나?"

인간은 사회적 동물이므로 다른 사람과의 관계에 대해 아무리 강조해도 지나치지 않다. 즉, 인간관계를 어떻게 맺느냐에 따라 사람의 행복과 불행, 성공과 실패가 달렸기 때문이다. 자신은 현재 인간관계를 잘 맺고 있는지 한번 생각해 보라. 평소에 딱딱하고 지나

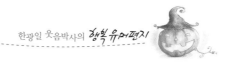
치게 얼굴이 굳어 있다는 평을 받아보았는지, 늘 말주변이 없어서 사람들의 뒤에서 이야기 한다든지, 발표 한 번 못해보고 회의를 마 감한다든지…

밝은 표정으로 유머를 곁들인 대화를 한다면, 상대방을 설득시킬 수도 있고, 나 자신을 강하게 어필할 수도 있고, 나의 주장을 관철 시킬 수도 있다. 이제는 유머화술로 무장하라. 이것은 매일매일의 생활에서 유머를 활용하고, 또 그것을 다른 사람에게 재미있게 말 하는 실습 훈련을 통해 가능한 일이다.

### 유머감각을 익히는 6가지 비법

1. 할 수 있다는 자신감이 첫째다.
2. 적절한 타이밍을 캐치하라.
3. 많은 정보를 수집하라.
4. 분위기에 따라 잘 이용한다.
5. 상대의 말을 끝까지 듣고 재치 있게 답하라.
6. 주변에 있는 것을 활용하라.

# 08
## 어린 카네기의 재치

큰 나무는 어릴 때부터 알아본다 했던가. 장차 큰 인물이 될 사람은 어려서부터 재치를 잘 발휘하는 예가 많다. 강철왕으로 세계적인 성공을 거두고 인간관계 처세술과 성공학을 전파했던 앤드류 카네기는 어릴 적부터 말재주가 뛰어났다.

카네기가 세 살 때 일이다. 어머니를 따라 단골 과일가게를 간 꼬마는 빨간 앵두를 먹고 싶다는 눈초리로 어머니를 자꾸만 바라보고 있었다. 그것을 눈치 챈 가게 주인이 선심을 보였다.

"얘야, 그게 먹고 싶니? 그럼 한 줌 집어서 먹어라."

저는 손이 작아서 기다렸어요!

그런데 웬일인지 카네기는 냉큼 집지를 않고 망설이고 있었다.

"아가야, 앵두 한 줌 집어 먹어도 괜찮다니까."

주인은 또 한 번 말했지만 카네기는 여전히 손을 내밀지 않고서 주저하고 있었다. 이상하게 생각한 가게 주인이 다시 말했다.

"그럼 내가 한 줌 집어줄 테니 네 모자를 벗어서 받아라."하고는 카네기가 벗어 들고 있는 모자에 앵두를 한 움큼 집어 넣어주었다.

집으로 돌아오는 길에 어머니가 카네기에게 물었다.

"아까 왜 손으로 앵두를 집어 먹지 않았니?"

그러자 어린 카네기의 대답은...

"엄마, 내 손보다는 아저씨의 손이 더 크잖아요."

아마도 카네기의 재치는 타고난 것인가 보다. 어린 나이에 이런 말재주를 가지기는 쉽지 않다. 부모가 일상생활 속에서 유머와 재치를 생활화하면 아이들도 카네기처럼 성장하면서 계속 유머 감각과 화술을 키울 수 있다.

# 09
## 스트레스를 받았을 때,
## 이렇게 하라

　스트레스를 받는 어떤 문제가 생겼을 경우, 때로는 상황 자체를 변화시킬 수도 없고, 피할 수도 없는 일이 벌어질 수도 있다.

　이런 경우에는 어떻게든 피해를 최소화시키는 것이 필요하다. 이런 때는 당면한 문제를 재조명하여 본다든가, 똑같은 문제를 경험한 사람을 만나 상담한다든가, 주위 사람들로부터 사회적인 지지를 받는 것이 좋다.

　메켄바움(Meichenbaum), 카메론(Cameron)은 스트레스에 대한 창조적인 해결방법 9가지와 스트레스를 받았을 때 취해야 할 노력 10가지를 제안하였다.

### 스트레스에 대한 창조적인 해결방법 9

❶ 스트레스를 해결하기 위한 대안을 가장 현실적이고 바람직한 것부터 나열한다.
❷ 실행할 행동을 상상해 본다.
❸ 가장 실현 가능한 해결책을 실행한다.
❹ 약간의 실패가 따른다 해도 노력해 본 자체만으로도 자신에게 칭찬을 해준다.
❺ 스트레스의 근원을 당신이 해결해야 할 하나의 문제로 받아들인다.
❻ 당면한 문제에 대해 구체적이고 실행할 목적으로 바꾸어 표현해 본다.
❼ 다른 사람이 똑같은 스트레스 문제로 상담해 온다면 어떻게 할지를 생각한다.
❽ 가능한 모든 대책을 폭넓게 생각한다.
❾ 미래에 일어날지도 모르는 일에 대하여 작전을 세운다.

### 스트레스를 받았을 때 취해야 할 노력 10

❶ 일주일에 서너 번은 땀 흘리며 운동하라.
❷ 카페인의 섭취를 막아라.
❸ 신선한 채소와 과일을 많이 먹어라.
❹ 시간을 내어 사색(묵상)하라.
❺ 취미생활을 하라.
❻ 충분한 수면을 취하라.
❼ 더 많이 미소짓고, 웃으라.
❽ 자신을 긍정적으로 칭찬하라.
❾ 생활을 단순하게 하라.
❿ 낙천적으로 살라, 그리고 긍정적 기대감을 가져라.

# 10

## 모두가 불평해도
## 리더는 만족하라

날마다 신령님께 소원을 비는 사내가 있었다. 그는 무슨 일이든 그저 불평불만을 늘어놓으며 신령님이 잘 해결해주기만을 빌었다.

신령님은 난처했다. 그 남자의 소원을 들어주면 그 사람은 더욱 신이 나 끝도 없이 소원을 빌 것이고 무시해버리자니 자기에게 소원을 비는 사람이라 모른 체하기가 마음 편치 않았던 것이다.

그래서 하루는 신령님이 그 사내의 꿈에 나타나서 말했다.

"무엇이든지 세 가지 소원을 들어주마. 그 후에는 아무것도 해주지 않을 것이니 신중하게 생각해서 청하도록 해라."

사내는 몹시 기뻐하며 무슨 소원을 빌까 곰곰이 생각했다. 그런데 마침 부부싸움을 하고 난 직후였다. 사내는 더 좋은 여자와 결혼하면 좋겠다고 생각하고 신령님께 아내를 죽게 해 달라고 빌었다.

소원은 성취되어 아내는 죽었고 친척과 이웃 사람들이 모여 장례를 치르게 되었다. 사람들은 저마다 눈물을 흘리며 슬퍼했다.

"원 세상에, 이렇게 갑자기 죽다니! 더할 수 없이 마음씨 곱고 상냥한 사람이었는데…"

"이 동네에서 가장 예의바르고 부지런한 사람이었지요."

"얼굴은 얼마나 예뻤다고요. 이런 여자는 아마 다시 없을 겁니다."

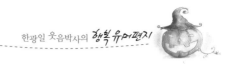

사람들은 입을 모아 죽은 사람을 칭찬하며 아까워했다.

그제야 사내는 자기가 잘못 생각했다는 것을 깨달았다. 잠깐의 실수로 훌륭한 아내를 잃게 되었다고 생각하니 한없이 후회가 되었다. 죽은 아내보다 더 좋은 여자를 만난다 해도 어쩐지 행복해질 것 같지가 않았던 것이다.

그래서 다시 신령님께 소원을 빌었는데 이번에는 죽은 아내를 다시 살려달라는 것이었다. 소원대로 아내는 다시 살아났다.

이제 소원을 빌 수 있는 기회는 딱 한 번밖에 남지 않게 되었다. 또 실수하여 엉뚱한 소원을 빈다면 이번에는 바로잡을 기회조차 없었다. 사내는 가장 좋은 소원을 빌기 위해 생각에 생각을 거듭했다.

먼저 오래 사는 일을 빌까 생각했으나 건강하지 못하다면 오래 사는 일도 아무런 의미가 없을 것 같았다. 그래서 늘 건강하게 해달라고 할까도 생각했으나, 건강해도 가난하게 산다면 재미있을 것 같지 않았다. 돈이 많아져도 좋겠지만 돈만 많고 친구가 없다면 무슨 소용일까 싶어 뭔가 한 가지를 결정할 수가 없었다.

생각하는 동안 많은 세월이 흘렀다. 그러나 남자는 아직도 어느 하나를 결정할 수가 없었다.

마침내 생각만으로 지쳐버린 남자는 신령님에게 빌었다.

"신령님, 제가 무엇을 청해야 할지를 알려주십시오."

소원을 들은 신령님은 딱하다는 듯 웃으며 말했다.

"앞으로는 모든 일에 만족할 줄 아는 마음을 가지도록 해라."

행복의 한 가운데 있다 하더라도 불행의 밑바닥으로 떨어지는 순간은 잠깐이다. 그러나 불행한 인간이 행복을 얻기 위해서는 길고 긴 일생이 모두 허비될지도 모른다.

인간의 욕망은 끝이 없기 때문에 웬만해서는 만족감을 쉽사리 얻지 못하는 슬픈 특성을 가지고 있다. 그러므로 신념이 있는 사람은 작은 일에 기뻐하고 감사하며 만족하는 마음을 갖는다. 행복이냐, 불행이냐를 굳이 논하지 않더라도 그렇게 하는 것이 하루하루를 무감각하게 살아가는 것보다 얼마나 보람 있는가를 알기 때문이다.

# 11

## 이렇게 하면
## 스트레스 쌓인다

1. 운동을 하지 않는다.

2. 먹고 싶으면 아무거나 먹는다.

3. 커피, 담배, 음료수, 콜라 등 흥분제를 많이 섭취한다.

4. 명상, 심호흡 등에 전혀 신경을 쓰지 않는다.

5. 교우관계나 이웃관계를 모두 단절한다.

6. 유머를 즐기지 않는다.

7. 모든 일에 대하여 자신이 모든 것을 해결하려고 한다.

8. 일벌레가 된다.

9. 생활이 불규칙하다.

10. 완벽주의자가 된다.

부르셨어요!

아~이 놈의
스트레스

# 12
## 웃음은 건강을 지키는 최고의 명약

웃음은 스트레스를 해결해 준다.

스트레스란 자신의 잠재된 혹은 의식적 욕구가 현실적 결핍에 의해 거부될 때 느끼는 정신적, 신체적 반응이다. 다시 말해 스트레스란 생존이 위험하다는 판단과 느낌이며, 쾌락과 행복은 생존이 성공적이라는 판단과 느낌이라 말할 수 있다. 따라서 성공과 실패에 대한 기존의 판단과 느낌을 변화시킴으로써 스트레스를 극복할 수 있다.

요즘 우리 현실은 경제 불황에 따른 미취업, 구조조정, 명예퇴직, 감봉 등으로 많은 사람들이 불안, 초조, 긴장을 포함해 심한 스트레스를 받고 있다. 단순히 스트레스를 받는 것으로 끝나지 않고 당뇨, 우울증, 두통, 불면증, 어지럼증, 위산과다, 소화성 궤양, 고혈압,

예! 바로 웃음이옵니다!

어서 보자!
불로장생약을

협심증 같은 스트레스 증후군까지 달고 살아야 하는 실정이다.

스트레스는 만병의 근원이다. 애초부터 만병의 근원이 될 스트레스를 키우지 말아야 할 일이지만 그런 현실이 아닐 바에는 어쩌겠는가. 이왕 생긴 스트레스는 바로바로 그 자리에서 날려버리자. 우리에겐 스트레스의 강력한 천적, 웃음이 있지 않은가.

웃음은 항체를 생성한다.

항체란 특정 병원체에 대항하는 면역체다. 그런데 여러 가지 실험 결과, 사람이 웃고 난 후 항체가 가장 많이 만들어진다는 사실을 발견했다. 뿐만 아니라 12시간이 지난 후에도 크게 줄지 않았다.

그렇다면 웃음 때문에 생긴 면역기능은 실제로 환자들에게 얼마나 도움이 될까? 환자들의 기분이나 정신 상태와 질병이 서로 밀접한 관계가 있다는 사실을 경험하게 되었다는 일본의 요시노 박사는 관절염 환자 26명에게 한 시간 동안 라쿠고(일본식 만담)를 듣게 했다. 그리고 나서 만담을 듣기 전과 듣고 난 후 '인터루킨 6'이라는 면역물질의 변화를 비교했다고 한다. '인터루킨 6'은 염증이 생겼을 때 백혈구들이 모이도록 정보를 전달하는 역할을 한다. 염증이

심할수록 그 수치는 올라간다. 이 실험에서 환자의 혈액 속에 있는 '인터루킨 6'이 고작 한 시간의 라쿠고로 급격히 줄어들었다는 사실은 놀라운 일이 아닐 수 없다. 관절 류머티즘 환자들을 치료하면서, '인터루킨 6'을 이렇게 까지 낮출 수 있는 약은 없었다고 한다.

웃음은 오장육부(五臟六腑)에 도움이 된다.

오장은 간장, 심장, 비장, 폐장, 신장을 말하며 육부는 대장, 소장, 쓸개, 위, 삼초(三焦), 방광 등을 말한다. 장(臟)은 내부가 충실한 것, 부(腑)는 반대로 공허한 기관을 가리킨다. 삼초는 상초, 중초, 하초로 나뉘어 각각 호흡기관, 소화기관, 비뇨생식기관을 가리킨다. 옛날에는 오장육부(五藏六府)라고 썼으나 후세에 육월편(肉月偏)을 붙여서 오장육부(五藏六腑)라고 썼다. 장(藏)과 부(府)는 창고라는 뜻이다.

박장대소와 요절복통은 오장육부를 원활하게 움직여 준다.

웃음은 근육, 뼈에 도움이 된다.

박장대소와 요절복통으로 한 번 크게 웃으면 온몸이 요동친다. 이렇게 15초만 웃어도 윗몸일으키기를 25회한 것과 같은 운동효과를 얻을 수 있게 된다. 미소를 짓기 위해서는 17개의 근육 운동이

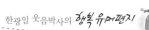

필요하고, 찡그리기 위해서는 64개의 근육을 움직여야 한다. 그래서 손뼉을 크게 치며 발을 동동 구르면서 웃는 웃음이 건강에 좋다.

웃음은 심장, 혈관에 도움이 된다.

우리 몸에 피가 완전히 한 바퀴 도는 데에는 46초가 걸린다고 한다. 우리가 웃게 되면 혈류량이 증가하여 그로 인해 혈관이 청소가 되며 성인병 예방에 도움이 된다. 혈관의 길이는 80,000km가 넘는다. 인간의 혈관은 한 줄로 이으면 112,000km로서 지구를 두 번 반이나 감을 수 있다. 잘 웃는 사람들은 만성피로를 줄일 수 있으며 심장병에 걸릴 확률도 훨씬 적어진다.

웃음은 기관지, 폐에 도움이 된다.

들숨을 쉴 때는 반드시 코로 산소를 가슴에 반만 채우고 날숨을 쉴 때는 반드시 입으로 내 뱉는다. 이때 숨을 뱉으면서 '하하하'로 웃는다. 그렇게 해야만 스트레스 호르몬인 코티솔을 억제하고 신선한 공기가 폐 속 깊은 곳까지 산소가 공급되어 나쁜 공기를 내보내고 깨끗한 공기로 순환될 수 있다. 뿐만 아니라 소리를 크게 질러 웃으면 가슴이 후련해져 스트레스가 쉽게 해소된다.

웃음은 위, 간, 대장 소화기관에 도움이 된다.

웃음은 또 인터페론 감마분비를 촉진시켜 바이러스에 대한 저항력을 증가시키고 각종 소화기암을 예방, 치료하는 효과가 있으며 소화기관을 안정시킨다. 크게 웃으면 심리적 안정과 내장운동, 전신운동을 통해 소화를 돕는 작용을 한다.

웃음은 백혈구(白血球)의 수명을 연장시킨다.

우리 몸의 혈구는 적혈구와 백혈구가 있는데, 적혈구는 헤모글로빈을 함유하고 있으며, 백혈구에는 없다. 적혈구는 모양과 크기가 조금 다르더라도 본질적으로는 한 종류인데 비해 백혈구는 세포의 크기나 핵의 모양, 원형질 내의 과립(顆粒)의 유무, 성질을 따져 몇몇 종류로 구분된다. 백혈구의 수는 혈액 $1mm^3$ 중에 평균 7,000개인데, 소아(小兒)에게 많고 신생아 때는 1만 개 이상이나 된다. 백혈구는 이물질을 제거하거나 항체를 형성해서 세균과 싸워 신체를 보호하는 역할을 하는데 백혈구의 수치가 낮아지면 병에 걸리기 쉽고 허약해진다. 웃음은 백혈구의 수명을 연장시켜주는 기능을 한다.

# 가는 말 오는 말

아직도 시골에 가면 값싼 여인숙이 있다. 별로 깨끗하지 못한 여인숙을 찾은 어떤 사내가 주인에게 빈정거리듯이 한마디 했다.

"주인장, 이 돼지우리 같은 곳에서 하룻밤 묵어가는 데 얼마요?"

순간 얼굴색이 하얗게 질린 여인숙 주인은 이내 평정을 되찾고 이렇게 말했다.

"하룻밤 묵어가는 데 한 마리면 천 원이고, 두 마리가 함께 묵어 간다면 2천 원이외다."

돼지우리 같은 여인숙에 와서 꼼짝없이 돼지가 되어 버린 꼴이 되었다. 아무리 허름한 곳이지만 자기네의 신성한 영업점을 낮추어 평가하는 데 대한 속 시원한 앙갚음이 아닐 수 없다. '눈에는 눈, 이에는 이' 전법이랄까. 듣는 사람은 순간 '아차' 싶었을 것이다.

곧이곧대로 왜 기분 나쁘게 남의 영업집을 그렇게 말하냐고 따졌다면 아마도 서로 언성을 높이며 싸움이 벌어졌을지도 모를 일이다.

나 돼지?

싸움을 일으키지 않고 부드럽게 우회하면서도 전할 메시지를 분명히 전달하는 유머적인 기술은 언제 어느 때나 유용하게 활용할 수 있다.

# 14

## 통쾌한
## 유머 한 방

   어느 고급 레스토랑에서의 일이다.

   고급 음식점의 경우 그 분위기에 맞는 예의는 철저하게 지켜지는 것을 원칙으로 하고 있다. 그 음식점에 들어간 명수는 음식이 나오기도 전에 냅킨을 집어 목에 늘어뜨리고 음식을 기다리고 있었다.

   그 음식점은 고급 손님들이 드나드는 곳으로서 철저하게 신사도를 따지는 곳이었으므로, 지배인은 명수의 그 우스운 꼴이 못마땅해서 종업원을 불러 명령했다.

"저 손님에게 우리 식당에서는 그런 식으로 냅킨을 사용하는 것이 아니라고 알려주게. 아주 정중하게 말씀드리게."

종업원은 곧 명수에게 다가가서 정중하게 말했다.

"저 선생님, 음식은 어떤 것으로 할까요? 손님께서는 혹시 음식을 들기 전에 이발부터 하시려는 것은 아니시겠죠?"

정색한 얼굴로 손님을 나무란다면 '손님은 왕' 이라는 상도(商道)에도 어긋나거니와 공연히 손님의 기분을 망쳐 큰 싸움으로 번질 수도 있는 상황이다.

그러나 이런 때에도 유쾌한 한 마디로 유머라면 서로 얼굴 붉히지 않고도 아주 쉽게 문제를 해결할 수가 있다.

# 15

## 기발한 아이디어로 감동을

 평소 짝사랑해 오던 아가씨가 어느 날 드디어 프러포즈에 응해주었다. 이제부터는 아가씨의 부모에게 합격하면 되겠다는 생각에 남자는 머리를 싸맸다.

 그녀의 아버지는 유명한 작가였다. 까다롭다는 그녀의 아버지에게 어떻게 하면 승낙을 받을 것인지 이제부터가 고비인 셈이었다.

 용기가 부족했던 남자는 아가씨 앞에 무릎을 꿇었다.

 "도저히 당신 아버지 앞에서 말을 꺼낼 수 없으니, 당신이 아버지의 허락을 받아주면 안 될까요?"

 그러자 난감한 표정을 짓던 아가씨는 대신 아버지 방으로 들어갔다. 그런데 아가씨가 좀처럼 나오지 않자, 남자는 가슴이 조여 견딜 수가 없었다.

드디어 아가씨가 나타났다.

"어찌됐소?"

애가 타던 남자는 서둘러 물었다. 그러자 아가씨가 짐짓 어두운 표정으로 대꾸했다.

"아버지께선 말로 못하는 사람에게 말로 대답할 수 없으시다며 등에 뭐라고 써주셨으니 읽어보세요."

하면서 아가씨는 슬그머니 등을 돌려 댔다. 거기엔 이런 글이 씌어 있었다.

「증정, 작가로부터」

남자는 순간 아찔해지는 기분으로 '푸하하' 웃음을 터뜨리지 않을 수 없었다. 과연 작가 아버지다운 발상이 아닐 수 없다.

어찌되었든 합격을 바라던 남자에게 기발한 깜짝쇼를 베푼 셈이다. 안절부절못하던 상태에서라면 이런 유머는 백발백중 더욱 효과가 커지기 마련이다.

아마도 그 딸과 남자는 두고두고 영원히 이런 아버지의 기발한 유머를 잊지 못할 것이다. 마치 앨범에 꽂아두고 소중히 간직하며 오래도록 추억할 만한 이야깃거리를 만들어 주는 데는 유머만한 것이 없다.

# 16
## 한수위

링컨이 변호사를 하던 시절의 이야기를 보면, 유머는 그야말로 시간과 공간을 초월해서, 어떤 상황을 막론하고 구사할 수 있으며, 그 효과는 일상적인 말보다 훨씬 높다는 것을 잘 알 수가 있다.

한 청년이 강도 혐의로 재판을 받는데, 링컨이 그의 변호를 맡게 되었다.

"피고 어머니의 증언에 의하면 피고는 이 세상에 태어난 후 한 번도 자기 농장을 떠나본 적이 없다고 합니다. 출생 이후 줄곧 농장의 일만 해왔다는 것이지요. 그러한 피고가 멀리 떨어진 객지에 가서 강도짓을 했다는 건 상식적으로 믿어지지 않는 일입니다."

이렇게 링컨의 열띤 변호가 끝나자, 입장이 난처해진 검사는 말

윽! 결국 유머
때문에 졌어!

꼬리 하나를 잡고 늘어졌다.

"지금 링컨 변호사의 말에 의하면, 피고는 출생 이후 한 번도 농장을 떠난 일 없이 줄곧 농장일만 해왔다고 하는데, 그렇다면 피고가 어렸을 때에는 도대체 농장에서 무슨 일을 했다는 겁니까?"

검사는 치사하게도 '출생 이후 줄곧'이라는 말 한 마디에 꼬투리를 잡고 늘어졌다.

링컨은 비열한 검사의 트집에 화가 치밀었다. 그리고 즉각적으로 응수했다.

"그야 피고는 출생하자마자 바로 젖 짜는 일을 했지요. 소의 젖이 아니라 어머니의 젖을 말이죠."

방청석은 물론 판사도 터지는 웃음을 참지 못했다. 그날 재판에서 링컨의 변호가 승리하여 피고는 무죄 판결을 받았다.

법정에서는 그야말로 말 한 마디 한 마디가 모두 법적으로 이용된다는 점을 여실히 보여주는 예인데, 그런 때에도 지혜로운 링컨은 상대방의 언어적 공격을 유머러스하게 맞받아친 것이다.

유머를 잘 구사하는 사람은 어떤 그룹에서나 어떤 사람들 속에서도 한 수 위의 자리를 차지할 수 있다.

# 17

## 다른 사람을
## 앞지르는 비결

하원의원 선거운동이 막바지에 이른 어느 날, 링컨 후보는 상대 후보인 카트라이트 목사가 주도하는 부흥회에 갔다.

카트라이트 후보는 소문난 웅변가로서 유창한 화술을 이용해 청중들을 사로잡고 있었다.

그는 소리 높여 연설을 하다가 갑자기 이렇게 외쳤다.

"여러분, 진정으로 하나님을 사랑하며 천국에 가기를 희망하시는 분은 모두 일어서십시오."

　　그러나 몇 사람만이 일어서고 모두들 어리둥절하여 자리에 그대로 앉아 있었다. 청중들이 그의 말을 제대로 알아듣지 못한 것이었다.

　　그러자 카트라이트 목사는 연단을 주먹으로 탁 내리치면서 다시 한 번 소리쳤다.

　　"아니, 천국에 가기를 희망하는 사람이 겨우 몇 명밖에 안 된단 말입니까? 그렇다면 지옥으로 가고 싶지 않은 사람은 모두 일어서십시오."

　　이 말이 끝나자 이번에는 모두들 벌떡 일어섰다.

　　그런데 이게 웬일인가. 한구석에 오직 링컨만이 가만히 앉아 있었다. 그것을 발견한 카트라이트 후보는 링컨을 향해 손가락을 치켜들고 소리쳤다.

　　"링컨 씨, 당신은 어디로 가실 겁니까?"

　　그러자 링컨은 태연히 대답했다.

　　"나는 천국보다 우선 하원으로 가겠습니다."

　　순간, 강당에서는 우레와 같은 박수갈채가 터져 나왔다. 그리고 그는 그가 말한 대로 선거에서 승리하였다. 그의 유머 감각이 바로 성공을 가져다준 것이다.

# 18

## 일본인 관광객

한국의 가이드가 일본 관광객을 데리고 동물원에 갔다. 맨 먼저 호랑이를 보여주자, 일본 관광객이 하는 말,

"한국 호랑이는 왜 이렇게 작습니까? 일본 호랑이는 집채만 한데."

가이드는 열 받았다.

이번엔 코끼리를 보여주자,

"한국 코끼리는 왜 이렇게 작습니까? 일본 코끼리는 산채만 한데."

더욱 열 뻗친 가이드는 맨 마지막 순서로 갔다.

거기서는 캥거루가 열심히 이리 저리 뛰고 있었다. 일본 관광객이 물었다.

메뚜기!

"저건 뭡니까?"

그러자 가이드가 얼른 말했다.

"메뚜기다!"

어리석은 질문을 한 사람보다 현명한 대답을 한 사람에게 더욱 웃음의 초점이 맞춰지고 이런 상황을 우문현답(愚問賢答)이라 할 수 있다.

우월감을 자극시켜 웃음을 유발하는 것은 효과가 절대적이다. 만족감을 채우면 기분이 좋아지고, 좋다는 감정은 곧 웃음을 몰고 온다.

심리학적으로 보면 인간은 쾌·불쾌의 감정이 모든 행동을 즐겁게 유도하기도 하고 나쁘게 만들기도 한다고 정의하고 있다. 기분 좋은 것은 쾌락을 자극했을 경우이고, 쾌락은 바로 웃음을 유발한다.

# 19

## 현대를
## 초일류기업으로 키운 열쇠

　고(故) 현대그룹 정주영 회장은 학력은 미비했지만 그의 박력있는 유머는 사업을 이끄는 데 크게 도움이 됐다.

　현대그룹은 초창기에 기업의 운명을 좌우하는 순간을 맞이한 적이 있다. 조선소 설비자금을 얻기 위해 동분서주하던 정주영 회장이 마침내 영국 버클레이 은행의 부총재와 면담하게 된 것이다.

　부총재가 물었다.

　"당신 전공이 무엇입니까."

　정회장은 속으로 "이 사람아, 소학교에 전공이 어디 있어?"라고 읊조릴 뿐 대답을 하지 못했다.

부총재가 다시 물었다.

"전공이 뭐냐고 물었습니다. 기계공학? 아니면 경영학?"

정회장은 마음을 추스르고 태연하게

"흠흠…, 내 사업계획서는 읽어보셨습니까?"

라고 반문했다. 부총재는 "물론입니다"라고 짧게 답했다. 그제야 정회장은 환한 웃음과 함께

"내 전공은 바로 그 현대조선 사업계획서요."

라는 위트 있는 대답을 했다. 부총재와 참석자들은 의아한 듯 서로를 둘러보다 이내 한바탕 웃음을 터트렸다.

부총재는 "당신은 유머가 전공이군요. 당신의 유머와 사업계획서를 함께 수출 보험국으로 보내겠소"라고 말했다.

정회장이 부총재와 면담 순간 발휘했던 즉흥적인 위트는 단순히 설비자금 규모만으로 환산할 수도 있지만, 이로 인해 현대그룹이 도약의 기틀을 마련했다는 점에서 그 이상의 것으로 해석될 수 있다.

**글 한광일**

현재 한국웃음센터 원장으로, 웃음치료사 창시자이며 몇년전 대학 교수직도 벗어버리고 공기관, 기업, 학교 등에서 스타 강사로 활동하고 있다. 연세대학교 석사 및 서울대학교 박사과정을 수료했으며, 2009 대한민국 명강사 대상, 2008 한국의 참인물 20인에 선정되었다. KBS, MBC, SBS 방송 및 특강 5500회 실시했고, 저서로는 〈웃음치료법〉, 〈편경영리더십〉 등 17권이 있다.

**그림 서재형**

서울예술대학 시각디자인과를 졸업하고 다양한 분야의 삽화를 작업하고 있으며, 현재 출판기획 에디아에서 일러스트팀 팀장을 담당하고 있다.

**발행일** 2009년 12월 10일 초판 1쇄 발행
**저 자** 한 광 일
**발행인** 최 사 훈
**발행처** 한국표준협회미디어
**출판등록** 2004년 12월 23일(제2009-26호)
**주소** 서울 금천구 가산디지털1길 92
　　　 에이스하이엔드타워3차 1107호
**전화** (02)2624-0368
**팩시밀리** (02)2624-0369
**이메일** book@ksamedia.co.kr

ISBN 978-89-92264-20-4　03800

정가 2,000원